AF453443

1874. 20 Mars.

VENTE

Du Vendredi 20 Mars 1874

TABLEAUX

ANCIENS

EXPOSITION PUBLIQUE

LE JEUDI 19 MARS 1874, DE 1 HEURE A 5 HEURES

Mᶜ **BOUSSATON**, COMMISSAIRE-PRISEUR

M. **DURAND-RUEL**, EXPERT

PARIS

CATALOGUE

DE

TABLEAUX

ANCIENS

DONT LA VENTE AURA LIEU

HOTEL DROUOT, SALLE N° 3

Le Vendredi 20 Mars 1874

A DEUX HEURES

EXPOSITION PUBLIQUE

LE JEUDI 19 MARS 1874, DE 1 HEURE A 5 HEURES

COMMISSAIRE-PRISEUR

Mᵉ BOUSSATON

29, rue de la Victoire

EXPERT

M. DURAND-RUEL

16, rue Laffitte

PARIS

CONDITIONS DE LA VENTE.

Elle sera faite au comptant.

Les acquéreurs payeront *cinq pour cent* en sus des adjudications, applicables aux frais de vente.

DÉSIGNATION

ALBANE

1. — Suzanne au bain.

Peinture sur marbre.

H., 0m,31. L., 0m,42.

ANDRÉ DE SALERNE

2. — La Vierge et deux Saints.

Vente Baroilhet.

H., 0m,72. L., 0m,49.

ALIX

3. — Fleurs dans un vase.

Pastel ovale.

BASSANO

4. — Les Travaux de la ferme.

H., 0m,27. L., 0m,62.

BERCHEM

5. — Pâtre jouant de la flûte en gardant ses vaches et ses moutons.

H., 0m,24. L., 0m,34.

BOTH ET BAUDOUINS

6. — Paysage.

H., 0^m,65. L., 0^m,95.

7. — Paysage.

H., 0^m,65. L., 0^m,95.

BRAYDEL (Chevalier)

8. — Armée en marche.

H., 0^m,14. L., 0^m,20.

BOUCHER

9. — Femme nue.

Dessin.

BOURDON (Sébastien)

10. — Moïse sauvé des eaux.

H., 0^m,36. L , 0^m,44.

BOURGUIGNON

11. — Choc de cavalerie.

H., 0^m,95. L., 1^m,30.

BRILL (Paul)

12. — Chasseur à l'affût près d'un étang.

H., 0m,26. L., 0m,36.

13. — Paysans et Chèvres dans un paysage.

H., 0m,19. L., 0m,28.

14. — Un Incendie.

H., 0m,18. L., 0m,23.

BRUANDET (Lazare)

15. — Paysage sur panneau, figures par Duval.

H., 0m,67. L., 1m,06.

CLAUDE LORRAIN

16. — Paysage avec faunes et bergers.

H., 0m,33. L., 0m,24.

CUYP (Alb.)

17. — Portrait d'un enfant jouant avec un mouton.

H., 0m,69. L., 0m,87.

CARLO MARATE

18. — Ascension de la Vierge.

H., 0m,37. L., 0m,27.

CRASBECK

19. — L'Arracheur de dents.

H., 0^m,41. L., 0^m,33.

CHEVALIER MALTAIS

20. — Fruits sur un tapis.

H., 1^m,00. L., 1^m,30.

DAUTEL (Mlle)

21. — Judith.

H., 0^m,99. L., 0^m,80.

22. — Rebecca.

H., 0^m,99. L.. 0^m,80.

DEMARNE

23. — Personnages dans un parc.

H., 0^m,36. L., 0^m,45.

FYTT (Jean)

24. — Canard, Perdreaux, Butor et autres oiseaux morts.

Signé à gauche et daté.

(Avec une inscription en flammand, de la main du maître.)

H., 0^m,84. L., 1^m,03.

FRANCK (LE VIEUX)

25. — Le Festin de Balthazar.

H., 1^m,20. L., 1^m,75.

26. — Une Fête royale.

H., 1^m,20. L., 1^m,75.

FRANCK (FLORÈS)

27. — Prise d'une ville.

H., 0^m,57. L., 0^m,80.

GOYA

28. — Portrait de femme.

H., 0^m,65. L., 0^m,52.

29. — César Borgia partant pour le couvent.

Esquisse.

H., 0^m,37. L., 0^m,28.

GÉRARD DOW

30. — Femme malade.

H., 0^m,18. L., 0^m,16.

GEYFERT

31. — Paysanne donnant à boire à un voyageur.

H., 0^m,68. L., 0^m,97.

GÉRICAULT (*attribué à*)

32. — Samson et Dalila.

Esquisse.

H., 0ᵐ,32. L., 0ᵐ,40.

HILAIRE

33. — Les Ruines de Palmyre.

H., 0ᵐ,76. L., 1ᵐ,50.

HOBBEMA

34. — Cavaliers et Piétons à l'entrée d'un bois.

H., 0ᵐ,25. L., 0ᵐ,28.

HUYSMANS DE MALINES

35. — Femmes dans un paysage.

H., 0ᵐ,29. L., 0ᵐ,34.

HONDEKOOTER

36. — Oies, Poules, Coq et Lapins dans une basse-cour.

H., 1ᵐ,13. L., 1ᵐ,60.

37. — Poules et Pigeons.

H., 1ᵐ,16. L., 1ᵐ,50.

KLEYN

38 — Portrait du duc de Vendôme.

H., 1^m,28. L., 0^m,96.

LA BUDELEY

39. — Personnages à l'entrée d'un bois.

H., 0^m 24. L., 0^m,32.

LÉPICIER

40. — La Demande en mariage.

H., 0^m,16. L., 0^m,18.

LUCAS DE LEYDE

41. — La Vierge et l'Enfant.

H., 1^m,18. L., 0^m,87.

MATOUT

42. — Vue de Paris. Le vieux Louvre.

H., 0^m,65. L. 1^m,10.

43. — Le Pont-Neuf.

Pendant du précédent.

H., 0^m,65. L., 1^m,10.

MIGNARD

44. — Portrait de la duchesse de Luynes.

H., 0^m,72. L., 0^m,59.

MOUCHERON (Isaac)

45. — Paysage avec cours d'eau.

H., 0^m,34. L., 0^m,27.

NETZCHER (Constantin)

46. — Portrait d'une jeune dame et de son enfant.

H., 0^m,52. L., 0^m,43.

OMMÉGANCK (*D'après*)

47. — Paysage avec bergers et moutons.

H., 1^m,00. L., 1^m,20.

48. — Paysage avec bergers et moutons.

H., 0^m,85. L., 1^m,45

PHILIPPE DE CHAMPAIGNE

49. — Portrait d'un abbé mitré.

H., 0^m,70. L., 0^m,57.

50. — Portrait d'une dame de la cour.

H., 0^m67,: L., 0^m,55.

PAUL POTTER (*attribué à*)

51. — Paysan assis au pied d'un arbre et gardant des
vaches.

H., 0ᵐ,43. L., 0ᵐ,33.

REMBRANDT *ou Van Eeckhout*

52. — La Toilette de Vénus.

Collection du roi de Naples.
(Ce tableau a été gravé dans l'œuvre de Rembrandt.)

H., 0ᵐ,72. L., 0ᵐ,54.

ROBERT-HUBERT

53. — Passage d'un ruisseau.

H., 0ᵐ,30. L., 0 , 20.

ROBERT-LEFÈVRE

54. — Christ en croix.

H., 0ᵐ,54. 0ᵐ,37.

ROMBOOTS

55. — Le Faiseur de gaufres.

H., 0ᵐ,50. L., 0ᵐ,54.

SALVATOR ROSA (*École de*)

56. — Paysage montagneux et Ruines.

H., 1^m,02. L., 1^m,10.

SCHELLINGS

57. — Paysage avec animaux, fabriques, etc.

H., 0^m,70. L., 0^m,87.

SCHEWAERT

58. — Paysage avec rivière.

H., 0^m,48. L., 0^m,27.

59. — Paysage avec rivière.

Pendant du précédent.

H., 0^m,18. L., 0^m,27.

TAUNAY

60. — Paysage avec animaux.

H., 0^m,25. L., 0^m,33.

TENIERS (D.)

61. — Intérieur de ferme et Moulin à eau, paysage très-
animé.

H., 0^m,95. L., 1^m,10.

TINTORET

62. — Portrait d'un Vénitien.

H., 0^m,74. L., 0^m,57.

VAN DYCK

63. — Portrait de l'infante d'Espagne, sœur Sainte-Claire.

Répétition du tableau de la collection nationale du Louvre.

H., 1^m,15. L., 0^m,97.

VAN GOYEN

64. — Marchands et Pêcheurs au bord d'une rivière.

H., 0^m,72. L., 1^m,10.

VAN OS

65. — Bouquet de fleurs dans une carafe.

H., 0^m,46. L., 0^m,30.

VERBOECKOVEN

66. — Marine,

H., 0^m,56. L., 0^m,80.

VERTAUGEN

67. — Diane et ses Femmes au bain.

H., 0^m,48. L., 0^m,57.

WATTEAU (*École de*)

68. — La Danse.

H., 0^m.08. L., 0^m,14.

WEENIX

69. — Canard mort, suspendu à un mur.

H., 0^m,46. L., 0^m,37.

WOUWERMANS (P.)

70. — Halte de cavaliers.

H., 0^m.17. L., 0^m.24.

71. — Le Départ.

Pendant du précédent.

H., 0^m.17. L., 0^m.24.

MONGIN (1797)

72 à 81. — Une série de dix Gouaches sous verre.

Signées et datées, représentant des paysages et vues animés
de personnages, animaux, scènes mythologiques, etc.
Seront divisées.

H., 0^m,64. L., 0^m,90.

DIVERS

ÉCOLE ALLEMANDE

82. — Portrait d'une princesse.

H., 0ᵐ,24. L., 0ᵐ,18.

ÉCOLE FLAMANDE

83. — La Marchande de harengs.

H., 0ᵐ,30. L., 0ᵐ,23.

ÉCOLE ITALIENNE

84. — Vierge et Enfant.

H., 0ᵐ,72. L., 0ᵐ,57.

85. — Voyageurs près d'un cours d'eau.

H., 0ᵐ,47. L., 0ᵐ,63.

86. — Berger menant ses moutons.

H., 0ᵐ,47. L., 0ᵐ,63.

87. — Environs de Rome.

H., 0ᵐ,47. L., 0ᵐ,63.

88. — Ruines à Rome.

H., 0ᵐ,47. L., 0ᵐ,63.

INCONNUS

89. — Jeune homme jouant de la flûte.

H., 0ᵐ,80. L., 0ᵐ,65.

90. — Fleurs diverses.

Dessus de porte.

H., 0ᵐ,74. L., 1ᵐ,00.

91. — Roses, Dalhias et Tulipes.

H., 0ᵐ,64. L., 0ᵐ,97.

92. — Fleurs.

Pendant du précédent.

H., 0ᵐ,64. L., 0ᵐ,97.

93. — Paysage octogone.

H., 0ᵐ,17. L., 0ᵐ,25.

94. — Poules et Coq.

H., 0ᵐ,47. L., 0ᵐ,70.

95. — Lièvre et Perdrix.

H., 0ᵐ,47. L., 0ᵐ,65.

96. — Un médaillon en galvano, représentant le retour des croisades.

97. — Une pendule rocaille, incrustations cuivre avec son socle.

PARIS. — J. CLAYE, IMPRIMEUR, 7, RUE SAINT-BENOIT. — [408]

9 782329 472959